Imaginez

Pour Philippe Truffault,
qui a un œil de chat

Ces textes s'inspirent des entretiens animés par l'auteur dans le cadre de la série *Imaginez*, produite par Aprime groupe et diffusée par Arte.

Loi n° 49.956 du 16 juillet 1949 sur les publications destinées à la jeunesse : août 2019
Dépôt légal : août 2019

Imprimé en France par Clerc à Saint-Amand-Montrond

ISBN 978-2-211-30151-0

Raphaël Enthoven

Imaginez

Illustré par Chen Jiang Hong

l'école des loisirs
11, rue de Sèvres, Paris 6e

Préface

L'imagination n'est pas une fuite, mais une réconciliation.

Imaginer ne consiste pas à congédier le réel pour lui substituer un univers moins âpre.

Au contraire.

Ce qu'on imagine, comme ce dont on rêve, c'est ce qu'on connaît déjà.

L'imagination n'invente pas, ne déserte pas, mais recompose le monde. Rien d'imaginaire n'a jailli du néant. L'imagination n'est pas la matrice d'un univers parallèle, mais le bestiaire de nos couleurs, de nos émotions et de nos expériences.

L'imagination est un voyage sans but, qui nous emmène ici et maintenant, dans les événements les plus anodins ou les plus fugaces, dont elle fait un trésor en versant sur eux la belle eau d'un regard d'enfant. Imaginez…

Les porcs-épics

(d'après Schopenhauer)

Une société de porcs-épics se pressait un jour d'hiver où il faisait froid, les uns contre les autres, pour se prêter réciproquement leur chaleur et se protéger ainsi du gel.

Mais bientôt ils perçurent l'effet des piquants, ce qui les dispersa de nouveau.

Et lorsque le besoin de se réchauffer les rassemblait encore une fois, c'était le mal précédent qui recommençait ; de sorte qu'ils furent ballottés entre deux maux jusqu'à ce qu'ils eussent trouvé la distance moyenne à laquelle ils pouvaient le mieux se tenir.

Ainsi, le besoin de société, né du vide et de la monotonie de leurs propres vies intérieures, pousse les hommes les uns vers les autres ; mais leurs nombreux défauts, qui les rendent antipathiques et insupportables, les font bientôt se fuir. La distance moyenne qu'ils finissent par trouver et qui leur permet d'être ensemble, ou de s'aider sans se piquer, s'appelle la politesse.

Pourquoi goûter les choses qu'on n'aime pas ?

Imaginez un enfant à qui l'on sert un aliment qu'il n'a jamais mangé mais dont la forme et le parfum ne l'inspirent pas du tout.

– Je n'aime pas, dit-il d'un air boudeur.

– Mais comment peux-tu savoir que tu n'aimes pas si tu ne goûtes pas ? lui répondent en chœur ses parents, mi-énervés, mi-certains d'avoir raison et d'être de bon sens.

Il est pourtant rarissime qu'après avoir goûté le truc, du bout des lèvres, sous la contrainte, l'enfant change d'avis et admette qu'il aime bien l'aliment en question.

Et il arrive souvent qu'une fois adulte l'ex-enfant développe une véritable phobie pour l'aliment qu'on a mis de force dans sa bouche quand il était petit.

Comment expliquer ça ?

Quand il dit qu'il « n'aime pas » l'enfant ne parle pas de l'aliment lui-même (qu'il ne connaît pas), mais de l'inconnu, précisément. Il dit « je n'aime pas » comme il dirait « j'ai peur ». Or, la peur n'est pas soluble dans la contrainte, au contraire. Les parents qui croient que le goût dépend de l'aliment lui-même et qui, du coup, forcent l'enfant à manger ce qu'il a décidé de ne pas aimer ne font qu'ajouter la violence au déplaisir. Le goût de quelque chose ne dépend pas de la chose même, mais des circonstances qui nous la mettent sous les yeux ou dans la bouche.

C'est une folie de remédier à l'arbitraire d'un dégoût par l'arbitraire d'une contrainte. On a parfaitement le droit de ne pas aimer quelque chose qu'on ne connaît pas. En un sens, il ne faudrait jamais goûter les choses qu'on n'aime pas ; c'est la meilleure façon de les détester.

Le papillon et la bougie

(d'après Vladimir Jankélévitch)

Imaginez un papillon qui tourne autour de la flamme d'une bougie.

Fasciné par sa lumière, par les battements du feu, le papillon voudrait connaître la flamme, il voudrait l'étreindre, il voudrait toucher celle qu'il admire de loin. Il voudrait épouser la chaleur, joindre au spectacle de la lumière la sensation du chaud. C'est un jeu dangereux. C'est, littéralement, ce qu'on appelle «jouer avec le feu».

Car si, «avide de la connaître encore mieux, il vient imprudemment à pénétrer dans la flamme elle-même, que restera-t-il de lui sinon une pincée de cendres?».

Nous en sommes tous là. Nous jouons avec le feu. Qui voit les choses de trop près est aussi mal placé pour en parler que celui qui les regarde de loin, ou de haut.

«Connaître la flamme du dehors en ignorant sa chaleur, ou bien connaître la flamme elle-même en se consumant en elle, savoir sans être, ou être sans savoir, – tel est le dilemme.»

Savoir
sans être

Parce que !

(d'après Spinoza)

Imaginez qu'une pierre tombe sur la tête d'un passant et le tue.

Dans quelle mesure peut-on dire que la pierre est tombée *pour* tuer l'homme ?

Comment expliquer, sans invoquer une intention divine, que tant de circonstances se soient trouvées réunies ? Comment voir une simple coïncidence dans le fait qu'au moment exact où l'individu passa sous le toit le vent se mît à souffler suffisamment fort pour qu'une tuile se décrochât et l'abattît ?

Pourquoi le vent soufflait-il à ce moment ?

• Parce qu'une vaste dépression, à mille kilomètres de là, s'épuisait en une brise assez puissante pour soulever une tuile mal posée…

• Oui, mais pourquoi la tuile était-elle mal posée ?

• Parce que le couvreur était sous-payé et refusait de travailler correctement dans ces conditions…

• Mais pourquoi le couvreur était-il mal payé ?

• Parce que ce monde est injuste.

• Oui, mais pourquoi le monde est-il injuste ? etc.

Autrement dit, contrairement aux apparences, celui qui pose la question du « pourquoi » ne cherche pas à comprendre, mais croit qu'il sait, et tente juste de prendre l'autre en défaut.

La question « Pourquoi ? » n'est pas une question.

La question « Pourquoi ? », c'est un préjugé.

Chaque réponse étant susceptible de recevoir un « pourquoi » supplémentaire, la seule façon d'en finir avec cet interrogatoire est d'invoquer Dieu, c'est-à-dire « le seul parce que sans pourquoi possible ». (Ionesco)

On a tort de se moquer des gens qui parlent tout seuls

Imaginez un homme ou une femme qui parle tout seul. Comme un ventilateur à pleine vitesse… dans une pièce vide.

En général, on se moque de lui, ou alors on le plaint. Faut-il être seul pour parler tout seul ! Faut-il manquer d'oreilles et d'attention pour discourir sans destinataire. Pauvres gens… Pauvres fous…

En réalité, parler tout seul (ou bien parler à son chat) n'est pas si bête. Ni pathétique. Qu'est-ce que la solitude, sinon le recueillement, la reprise d'un dialogue avec sa propre mémoire, ses propres impressions, ou bien la partie de soi-même qui souhaiterait défaire tout ce qu'on a fait ? Parler tout seul, c'est assumer une solitude inévitable, et reprendre (où on le veut) la discussion à une voix qui nous rapproche de nous-mêmes.

Et c'est au contraire celui qui s'interdit de parler tout seul qui fait comme s'il avait encore des spectateurs. C'est celui qui, tout seul, répugne à se parler à lui-même qui fait comme si le silence était encore un témoin. Parler tout seul n'est pas un signe de folie. Et s'interdire de parler tout seul n'est pas un signe de bonne santé, mais peut-être la preuve que, comme dit Guitry, il existe certaines personnes qui augmentent votre solitude en venant la troubler.

Qu'est-ce qu'avoir honte ?

(d'après Jean-Paul Sartre)

Imaginez… Vous arrivez chez vous en fin de journée, vous vous croyez seule et… vous vous mettez les doigts dans le nez. Vous enfoncez résolument un doigt dans la narine droite pour en extraire (enfin !) le morceau de morve sèche qui vous empêchait de respirer… Soudain, l'homme dont vous êtes follement amoureuse tousse de l'autre côté de la pièce.

Et vous-même voulez mourir.

Mourir de honte.

Comme si la présence d'un autre révélait à vous-même, la vulgarité de votre geste. Vous vous jugez telle que l'autre vous a vue. Et vous n'êtes plus rien, désormais, que cette absurde identité. Vingt ans plus tard, des frissons vous saisissent quand vous songez au jour où il vous a surprise en guerre contre un vieux bout de morve. Ce n'est plus une image. C'est vous-même, telle qu'on vous a reconnue. Et c'est votre malédiction d'être ainsi faite que, quoi que vous fassiez, quoi que vous deveniez, vous serez toujours, à jamais, aux yeux d'une personne au moins, la femme qui se met les doigts dans le nez.

Trop bête pour comprendre…

(d'après Roland Barthes)

L'une des façons les plus efficaces (et les plus antipathiques) de faire la critique d'un livre, d'un film ou d'un essai, est de dire :

– Hou… là là… Mais c'est imbitable… Non, mais vous avez lu ça ? Honnêtement, je dois être trop bête pour comprendre, peut-être suis-je complètement con ?…

Malgré les apparences, il n'y a rien de modeste dans cette fausse hypothèse.

Bien au contraire.

Qui dit « je suis trop bête pour comprendre » laisse entendre qu'il « se croit d'une intelligence assez sûre pour que l'aveu d'une incompréhension mette en cause la clarté de son auteur, et non celle de son propre cerveau ». Si l'on mime la niaiserie, c'est pour faire en sorte que le public se récrie, et l'entraîner ainsi avantageusement d'une complicité d'impuissance à une complicité d'intelligence : « Moi, dont le métier est d'être intelligent, je n'y comprends rien, c'est dire que vous, qui êtes autant (sinon moins) intelligents que moi, n'y comprendrez rien non plus. »

Dire « je suis trop bête pour comprendre », ce n'est pas confesser son impuissance, mais, à l'inverse, se prendre pour le centre du monde au point d'ériger sa propre cécité en règle universelle de perception. « Je ne comprends pas, donc vous ne comprendrez pas, donc c'est nul… » C.Q.F.D.

Qui est roi?

(d'après Blaise Pascal)

Imaginez un homme jeté par une tempête sur les rivages d'une île inconnue dont les habitants, qui ont perdu leur roi, considérant qu'il lui ressemble, décident collectivement de le confondre avec leur souverain. Que doit-il faire? Leur dire qu'ils se trompent? Ou bien profiter de sa bonne fortune?

En vérité, les habitants de l'île ne se trompent pas tant que ça.

Car tous les rois de la Terre sont dans la même situation que le rescapé chanceux.

Le pouvoir est toujours un malentendu.

Être roi, c'est être pris pour un roi. Rien de plus.

Les monarques sont d'abord les enfants de l'imagination.

Un bon roi doit le savoir, et bien se connaître, c'est-à-dire qu'il ne doit pas être dupe du hasard qui le met à la place qu'il occupe. Il faut tenir son rang sans ignorer que les places et les rôles sont interchangeables, et que les hommages reçus ne s'adressent qu'à votre fonction et non à votre nature. Si par vanité vous vous preniez au jeu, alors tout « en vous rendant les devoirs extérieurs que l'ordre des hommes a attachés à votre naissance, dit Pascal, je ne manquerais pas d'avoir pour vous le mépris intérieur que mériterait la bassesse de votre esprit […] Il n'est pas nécessaire, parce que vous êtes duc, que je vous estime; mais il est nécessaire que je vous salue.»

Le silence dans l'ascenseur

Imaginez... Vous tombez, dans l'ascenseur, sur quelqu'un que vous ne connaissez pas. Que faire ? Comment tuer le temps ? Chacun se tient dans son coin, vérifie qu'il a ses clefs, contemple l'écran sans réseau de son smartphone, jette un œil sur le cadran qui indique les étages, adresse un sourire poli à l'inconnu... C'est épuisant.

Si, en revanche, un incident, une panne, ou un bouton qui ne s'éteint pas vous donne l'occasion d'un échange, même d'une phrase, aussitôt la tension disparaît. Comment cela se fait-il ? Pourquoi la gêne augmente quand on ne se parle pas, alors que, dès qu'on s'adresse la parole, la glace se brise et l'embarras s'estompe ?

Parce qu'on ne se tait pas avec le premier venu.

Il faut soigneusement choisir la personne en face de qui l'on peut se taire. Se taire face à quelqu'un qu'on ne connaît pas, c'est partager une véritable intimité avec cette personne. Le silence est une réponse au malaise, qui accroît le malaise. « Il ne faut pas croire, dit Maeterlinck, que la parole serve jamais aux communications véritables entre les êtres [...] dès que nous avons vraiment quelque chose à nous dire, nous sommes obligés de nous taire [...] car les paroles passent entre les hommes mais le silence, s'il a eu un moment l'occasion d'être actif, ne s'efface jamais. »

Être unique, comme tout le monde

(d'après Clément Rosset)

Imaginez : vous sonnez à l'Interphone, l'ami vous répond, et vous dites « c'est moi ! »… Mais qui est « moi » ? Pour qui se prend celui qui dit « c'est moi » ? Qui est ce « moi » que tout le monde brandit ? Quoi de moins personnel qu'un tel moi ? En disant « c'est moi », vous faites comme tout le monde ; en déclinant votre identité, vous vous identifiez à ceux qui font la même chose que vous.

Tel est le paradoxe attaché à la notion d'identité :

L'identité désigne autant l'originalité de quelqu'un (« c'est moi », et donc personne d'autre) que son caractère interchangeable (comme tout le monde, je suis moi). Ce qui me donne une identité fait aussi de moi l'identique des autres. Ce qui fait de moi un être sans égal fait aussi de moi l'égal de tout un chacun, comme en témoigne la carte d'identité, c'est-à-dire un certificat de singularité mais que nous avons pourtant tous en commun de posséder.

C'est la raison pour laquelle tout discours identitaire est également une passion grégaire. Il faut être un mouton pour croire qu'on est original, et il faut être une plante pour croire que nos racines nous définissent.

Pouvoir et puissance

Et le philosophe n'offre aucune prise, bien qu'il prenne tous les coups.
(Gilles Deleuze)

Avant d'être affranchi, le philosophe Épictète était l'esclave d'Épaphrodite.

La légende raconte que chaque jour Épictète sermonnait son maître, lui-même ancien affranchi :

– Maître, sais-tu que la violence est une force faible ? Et qu'accuser les autres est un signe d'ignorance ? Qu'on peut être pauvre et être aimé des dieux ? Sais-tu, maître, qu'un philosophe est plus libre que toi ? Et que la puissance de la pensée est supérieure au pouvoir de la force ?

À cette phrase, exaspéré, le maître s'empara de son esclave et lui enfonça la jambe dans un moulin.

– Que va-t-il se passer si je tourne la roue ? demanda le maître.

– Ma jambe va se casser, répondit Épictète.

Fou de rage, le maître tourna la roue, la jambe se brisa, et Épictète lui dit alors, sur le même ton, la chose la plus agaçante qu'un homme puisse dire à un autre :

– Je te l'avais bien dit.

Roméo et Juliette

Comme il est difficile de s'aimer quand rien ne nous en empêche…

Imaginez que Roméo et Juliette n'aient aucun obstacle à leur amour, que leurs familles s'adorent, que Tybalt et Roméo, au lieu de s'entre-tuer, deviennent les meilleurs amis du monde. Imaginez que les Montaigu et les Capulet travaillent ensemble à la prospérité de Vérone.

Imaginez que tout le monde bénisse et acclame l'union des deux jouvenceaux, que Frère Laurent n'ait pas à mettre au point un stratagème qui leur permette de s'unir loin des malédictions parentales, que les deux amoureux n'aient pas à se séparer le matin avec «le triste regard de l'enfant qui se rend à l'école», que le père de Juliette n'ait jamais dit qu'il souhaitait la voir «mariée à sa tombe», que Roméo n'ait pas à se débarrasser de son nom pour la prendre tout entière, bref, que tout aille pour le mieux dans le meilleur des mondes possibles.

S'aimeraient-ils autant ?

On peut en douter.

Que reste-t-il d'un amour quand rien ne s'y oppose ?

Que reste-t-il d'une passion quand rien ni personne ne la contrarie ?

Quelle histoire se raconter quand il n'y a pas de problèmes ?

Comment se fait-il qu'il n'existe pas de romans heureux ?

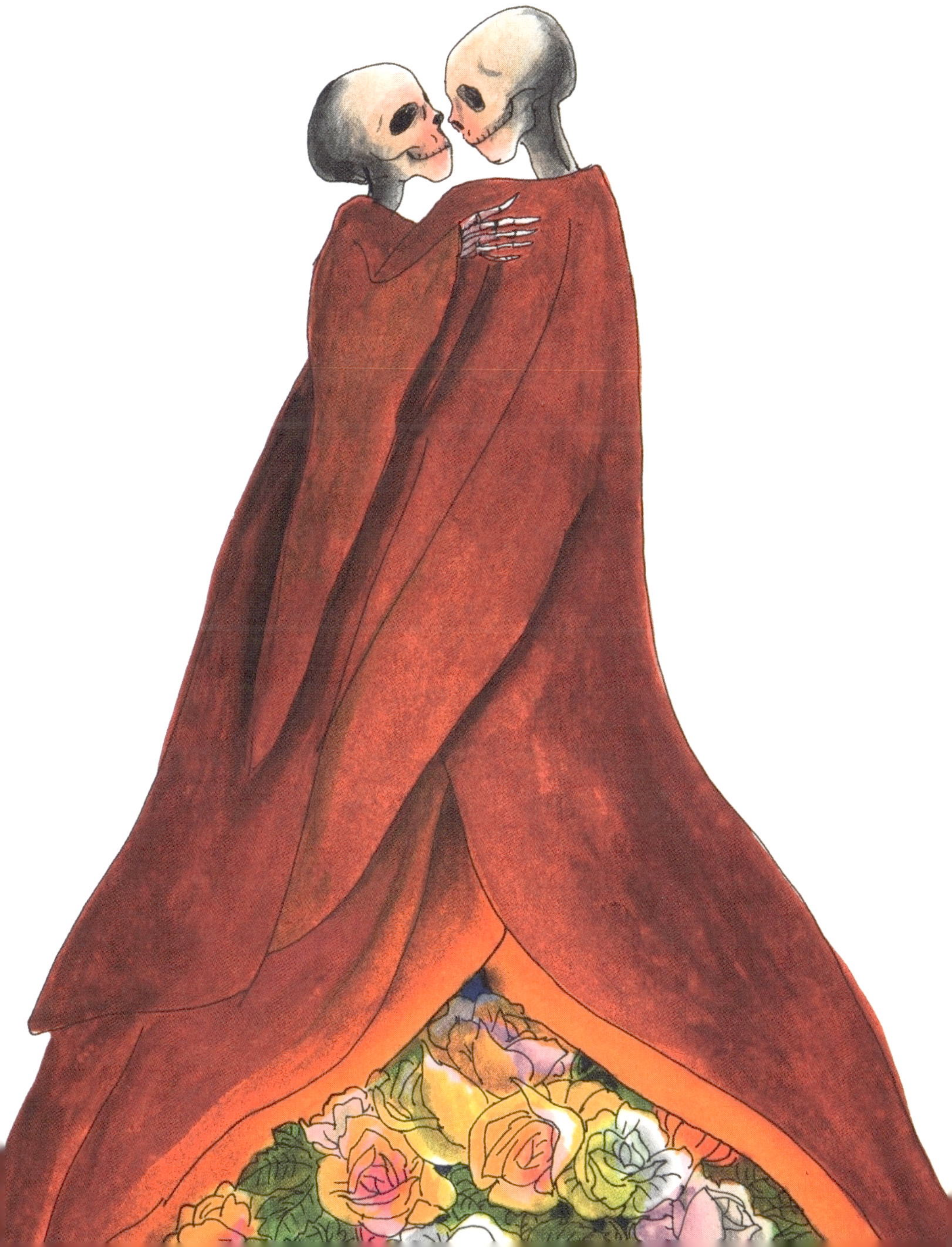

La barrière du langage

Imaginez deux personnes qui se rencontrent en voyage alors qu'elles ne parlent pas un mot de la même langue. Mais, loin des mots, loin des discussions et des disputes, la communication s'établit à force de regards, d'attentions, d'expériences communes qui montrent qu'il n'est pas nécessaire de se parler pour communiquer et qu'on peut éprouver la même chose dans un autre langage. Bref, une amitié est née.

Imaginez maintenant que, voulant bien faire, l'un des deux amis apprenne la langue de l'autre… il se peut alors que deux êtres qui avaient tant à partager n'aient en fait rien à se dire. Et qu'à l'entente succèdent les malentendus. Qu'au silence partagé, cœur ouvert, succède le soupçon que l'autre ne vous a peut-être pas tout confié. Autrement dit, qu'entre les deux amis s'élève lentement la barrière du langage… «La barrière du langage, dit Romain Gary dans *Adieu Gary Cooper*, c'est lorsque deux types parlent la même langue. Plus moyen de se comprendre.»

Faut-il toujours dire la vérité ?

Certains disent qu'il ne faut jamais mentir…

Quoi qu'il arrive.

En disant cela, c'est à eux-mêmes qu'ils mentent.

Ils disent, comme Kant, que c'est « le devoir formel de l'homme envers chacun… si je mens, j'anéantis la possibilité même de la confiance et je commets une injustice à l'encontre de l'humanité en général… » Soit.

Imaginez maintenant que vous hébergiez une famille juive, pendant la guerre, dans la grange de votre maison… Arrive la milice (ou la Gestapo) qui vous demande si c'est le cas. Que répondez-vous ?

Imaginez, plus modestement, qu'un ami vous demande votre avis sur le roman qu'il a mis vingt ans à écrire, et que le livre, malheureusement, est épouvantable, que répondez-vous ? Qu'il est bon à jeter aux cabinets ? Non. Ou alors, vous ne méritez pas le titre d'ami.

« Dire la vérité, écrit Benjamin Constant, n'est donc un devoir qu'envers ceux qui ont droit à la vérité. Or nul homme n'a droit à la vérité qui nuit à autrui. » Les gens qui ne mentent jamais sont eux-mêmes des menteurs qui se servent de la vérité pour se venger. À dire vrai, la prudence commande de ne jamais faire confiance à quelqu'un qui ne sait pas mentir, ou pire : qui refuse de le faire. Car il n'aurait aucun scrupule à vous nuire, si votre chagrin lui donnait bonne conscience.

Le coucher de soleil

Imaginez. Vous êtes sur une plage, en compagnie d'une personne aimable, irradiés, l'un et l'autre, par les rayons orangés d'un soleil en fin de course.

– C'est beau…

– Non, c'est moche. Je déteste les couchers de soleil.

Vous allez regarder l'autre comme une folle. Comme une fausse originale qui fait la maline.

Pourtant vous respectez ses goûts. Des goûts et des couleurs, on ne discute pas, c'est bien connu… Alors, où est le problème ?

C'est qu'en disant « c'est beau » vous avez (implicitement) parlé au nom du monde entier. Oh, vous n'avez pas cherché à imposer vos goûts, non… Vous avez juste dit quelque chose qui vous semblait tellement vrai que, sans vouloir vous imposer, vous avez présumé que l'autre serait du même avis. De fait, il faut être un peu fou (ou bien mal luné) pour trouver affreux un coucher de soleil. Car personne ne sait ce qu'est LA beauté, mais tout le monde sait ce qui est beau. Ce n'est pas par impérialisme germanique qu'un petit violoniste chinois fait ses gammes sur du Mozart, c'est parce que Mozart est universel sans être contraignant. « Est beau, dit Kant, ce qui plaît universellement sans concept. » C'est ainsi qu'on peut s'entendre sur ce qu'on ne connaît pas.

La décision

(d'après Clément Rosset)

C'est une erreur de croire qu'on délibère toujours avant de décider. C'est même, le plus souvent, l'inverse qui se passe.

Imaginez Rodrigue, le Cid, en train d'hésiter entre l'amour et l'honneur… Le père de sa fiancée, Chimène, a giflé son propre père. Que faire ? « Faut-il laisser un affront impuni ? / Faut-il punir le père de Chimène ? »

« Il vaut mieux courir au trépas. / Je dois à ma maîtresse aussi bien qu'à mon père ; / J'attire en me vengeant sa haine et sa colère ; / J'attire ses mépris en ne me vengeant pas… » Puis le héros se reprend… « Rechercher un trépas si mortel à ma gloire ! / Endurer que l'Espagne impute à ma mémoire / d'avoir mal soutenu l'honneur de ma maison ! » Non, l'honneur passe avant. Et puisqu'il faut mourir, mourons au moins en défendant l'honneur de la famille.

En vérité, Rodrigue n'a aucune hésitation. Évidemment qu'il choisit l'honneur. Évidemment qu'il va venger son père. C'est le Cid ! Vous l'imaginez ne pas se battre ? Son problème n'est pas de savoir ce qu'il va faire. Cela, il le sait très bien. Son problème est uniquement de l'accepter. C'est la raison pour laquelle il fait semblant d'hésiter. Or, il en va de même pour toute décision : si les arguments en faveur d'une décision paraissent peser plus lourd que les arguments d'en face, c'est qu'en fait la décision est déjà prise et gouverne, en secret, la délibération. D'abord on décide, après on hésite.

Jadis

(d'après Guy de Maupassant)

Imaginez une discussion entre une jeune fille et sa grand-mère, au début de la seconde moitié du XIXe siècle. La jeune fille se félicite qu'une épouse trompée n'ait pas été condamnée pour avoir brûlé les yeux de son mari, ce qui scandalise la grand-mère :

– Le bon Dieu vous a donné l'amour, la seule séduction de la vie ; l'homme y a mêlé la galanterie, la seule distraction de nos heures, et voilà que vous y mettez du vitriol et du revolver ! De mon temps, faire la cour à une dame n'était pas une offense.

– Mais le mariage, c'est sacré, grand-mère…

– C'est l'amour qui est sacré, idiote. On ne se marie qu'une fois, fillette, et parce que le monde l'exige ; mais on peut aimer vingt fois dans sa vie, parce que la nature nous a faits ainsi. Le mariage ! C'est une loi, vois-tu, et l'amour, c'est un instinct.

– Oh ! grand-mère, grand-mère, on ne peut aimer qu'une fois !

Entre une aïeule du XVIIIe et une jeune fille du XIXe, la plus âgée des deux n'est pas celle qu'on croit. La vieillesse n'est pas une affaire d'années, c'est aussi une affaire d'époque. Et bien des enfants du XXIe siècle sont plus vieux que leurs parents.

La clef dans le vin

(d'après Cervantès)

Imaginez deux œnologues réputés qui sont appelés par des villageois pour évaluer la qualité d'un vin qu'on leur a offert. Les goûteurs arrivent, ils s'attablent, on ouvre le tonneau et on sert un verre à chacun.

Le premier le hume, le goûte, et, après mûre réflexion, déclare que le vin serait excellent – n'était ce petit goût de cuir.

Le second, après avoir pris les mêmes précautions, rend aussi un verdict favorable au vin – mais sous la réserve d'un léger goût de fer qui en diminue le plaisir.

Évidemment, les villageois éclatent de rire et tournent en ridicule ces experts au goût tellement sûr qu'ils ne sentent pas la même chose… Mais les rieurs furent bien attrapés quand, après avoir vidé le tonneau, on trouva en son fond une vieille clef attachée à une courroie de cuir.

Quelle est la morale de cette histoire ? Qu'il n'y a qu'une vérité, mais qu'il faut être plusieurs pour la saisir et que, par conséquent, deux experts peuvent être en désaccord tout en ayant raison tous les deux… Bref, qu'un désaccord ne signifie pas toujours qu'on s'oppose mais, le plus souvent, qu'on se complète.

À ne pas ouvrir

(d'après Clément Rosset)

Imaginez le patron d'une petite PME de province, qui fabrique et vend des étiquettes. L'homme meurt et laisse l'entreprise en héritage à son fils unique… L'héritier, reprenant les affaires, tombe dans l'arrière-boutique sur une boîte rectangulaire de taille moyenne, au sommet de laquelle se trouve une étiquette avec l'écriture de son père qui dit «À ne pas ouvrir»… Soit.

Déférant aux dernières volontés de son paternel, le fils n'ouvre pas la boîte en question et reprend le cours de ses affaires. Seulement, évidemment, cette histoire le tourmente. Qu'y a-t-il dans cette boîte? Quels aveux contient-elle? Quelles réponses? Quel mystère? Quel secret le père a-t-il voulu emporter dans sa tombe? «À ne pas ouvrir»… Vous imaginez?

Au bout de quelques mois, le fils en perd le sommeil. Chaque nuit est une guerre civile entre le désir de savoir et le respect qu'il doit au souvenir de son père. Puis un jour, il craque. Il retourne dans l'arrière-boutique et, d'un geste rageur, il ouvre la boîte.

À l'intérieur se trouvent une centaine d'étiquettes avec écrit dessus: «À ne pas ouvrir». Ce que l'imprimeur junior avait pris pour une injonction testamentaire n'était que le simple repère par lequel son père avait signalé l'enveloppe où se trouvait le stock d'une formule banale destinée à sa clientèle.

La vérité est une boîte vide.

L'art du débat

Imaginez deux hommes politiques en plein débat, à la télévision, et qui soudain se mettent à changer d'avis.

– Vous avez raison, monsieur…

– Non, monsieur, c'est vous qui avez raison…

Au lieu de s'engueuler, les voilà qui s'approuvent.

Une telle chose est plus improbable que la chute d'un astéroïde sur la tour de la radio à Berlin. Ça n'arrivera jamais. Ou alors dans un autre monde.

Pourtant, les hommes politiques prétendent parler au nom de la raison. Les arguments qu'ils avancent, comme tous les arguments, sont susceptibles d'être contredits, invalidés, déconstruits… Pourquoi est-il impossible, impensable, que deux candidats qui débattent à coups d'arguments finissent par s'entendre ou par reconnaître qu'ils ont tort ?

Parce que les candidats ne débattent pas, mais combattent. Parce qu'ils ne sont pas là pour se contredire, mais pour s'opposer. Parce qu'ils ne cherchent pas à avoir raison, mais à avoir raison de l'autre. Bref, parce que les débats sont des dialogues de sourds uniquement destinés à convaincre ceux qui sont déjà convaincus.

Aux antipodes des hommes politiques se trouve Michel de Montaigne, qui écrit ceci : « Je me sens bien plus fier de la victoire que je remporte sur moi quand, dans l'ardeur même du combat, je m'oblige à plier sous la force du raisonnement de mon adversaire, que je ne me sens gré de la victoire que je remporte sur lui grâce à sa faiblesse.»

En démocratie, où l'humilité est perçue comme une faiblesse, une telle concession est inimaginable.

Narcisse

Imaginez un beau jeune homme qui voit son reflet dans l'eau et en tombe amoureux au point de rester des jours entiers devant lui-même, à dépérir avant de se noyer, dans l'espoir éperdu de saisir son image… On dit du narcissisme que c'est un amour de soi, or rien n'est plus faux.

Le narcissisme, c'est plus fort que moi.

Que raconte le mythe de Narcisse ?

Que si l'on donne à Narcisse le choix entre son image et lui-même, c'est l'image qu'il choisira. L'erreur mortelle de Narcisse est de donner la préférence à l'image. Ce n'est pas lui-même qu'il aime, mais sa représentation. Qu'il la cherche dans l'eau ou dans l'œil des autres, la quête est toujours vaine. Courir après son image est aussi inutile que de courir après son ombre : elle se dérobe toujours parce qu'elle nous colle à la peau. S'aimer d'amour vrai implique au contraire :

1) de n'avoir besoin ni de son image ni du regard d'autrui ;

2) de savoir qu'en un sens, comme dit Clément Rosset, « moins on se connaît, mieux on se porte ».

Les faux amis

Imaginez quelqu'un qui se dit votre ami, et qui, pour cette raison, ne cesse de vous réprimander.

Ce que vous pensez, c'est faux.

Ce que vous écrivez, c'est raté.

Ce que vous aimez, c'est nul.

Ce que vous faites, c'est une défaite.

Comment ça marche, un ami comme ça ?

Comment ça s'excuse soi-même d'être aussi désagréable ?

En vérité, l'ami sincère (et donc brutal) se ment à lui-même.

Comme il fait la triple erreur de tenir le reproche pour un signe de franchise, la franchise pour une marque de vérité et la vérité pour une preuve d'amitié, la façon qu'il a d'exprimer son amitié est de dénigrer systématiquement tout ce que vous faites.

L'être qui affiche son amitié en montrant qu'il ne vous épargne pas est pire que le flatteur qui croit vous épargner en taisant ce qu'il pense. Et l'un comme l'autre ne méritent pas les amis qu'ils perdent.

Peine de mort

(d'après Albert Camus)

Imaginez un père de famille qui tue l'assassin de ses enfants. Qui le désapprouverait ? Qui lui donnerait tort ? Quelle vengeance est plus compréhensible que celle-là ?

Approuver ce geste ne signifie pas qu'on est favorable à la peine de mort. Et, s'il est cohérent, le père qui tue devrait aussitôt se constituer prisonnier. Car, dans un État de droit (ou en démocratie), la justice ne peut pas être une affaire de vengeance. Tuer quelqu'un, ce n'est pas rendre la justice, mais appliquer, dans le meilleur des cas, la loi du talion. Or, ce n'est pas ainsi que la justice fonctionne, sinon elle devrait tuer plusieurs fois un assassin récidiviste.

Souvenez-vous d'une campagne du Front national en faveur de la peine de mort, dont le slogan était « Depuis quand la vie d'un assassin vaut-elle plus que celle de sa victime ? ». C'est une question stupide. Évidemment que la vie d'un assassin ne vaut pas davantage que celle de sa victime, mais ce n'est pas à la justice de l'exécuter, car la justice n'est pas l'affaire des victimes, de la même manière que le Bien n'est pas l'affaire de l'État. Ce qui est légitime n'a pas toujours vocation à devenir légal.

Mauvais œil

C'est l'histoire d'un homme à qui un ange propose, dans la nuit, d'exaucer son vœu le plus cher, mais à la condition que son voisin obtienne le double. L'homme demande à réfléchir jusqu'au lendemain matin…

Il aimerait bien avoir une tonne d'or, mais son voisin en aura deux.

Il aimerait bien avoir un château, mais son voisin en aura deux.

Il aimerait bien avoir une belle femme (ou un beau mari), mais son voisin en aura deux…

La promesse de son propre plaisir est constamment contrariée par l'idée que son voisin (qu'il ne déteste pas, d'ailleurs) obtiendra le double… et, tandis qu'il se prend la tête, le jour se lève et l'ange revient.

– As-tu fait ton choix ? demande-t-il.

– Oui.

– Et que veux-tu ?

– Crève-moi un œil.

L'héritage

Imaginez que les héritiers d'un défunt se disputent violemment la petite somme d'argent et les quelques affaires qu'il leur a laissées en partage. On dira que les gens se détestent parce qu'ils se disputent l'héritage… Erreur profonde. Ce n'est pas parce qu'ils se disputent qu'ils se détestent, c'est parce qu'ils se détestent qu'ils se disputent.

De même, ce n'est pas parce qu'un homme est innocent que son avocat le défend, mais parce qu'il le défend qu'il le présente comme innocent.

De même que celui qui veut tuer son chien l'accuse de la rage.

De même que ce n'est pas parce qu'ils se reprochent leurs défauts que des amoureux se séparent et ne s'aiment plus, mais c'est parce qu'ils ne s'aiment plus qu'ils se mettent soudain à se reprocher des défauts qui, jusqu'ici, leur semblaient supportables.

La dispute n'est pas la cause de la haine, mais son symptôme.

Pourquoi prêter à nos sentiments des causes extérieures, alors que ces mêmes causes n'auraient aucun effet si nos sentiments étaient différents ? Parce que la mauvaise foi trouve toujours des raisons d'agir ou de penser comme on le fait tout en nous persuadant que ce n'est pas de notre faute…

Les choses seraient différentes si on se disait parfois : ce n'est pas seulement parce qu'une chose est mauvaise qu'on la déteste, mais aussi parce qu'on la déteste qu'elle nous semble mauvaise.

Que pèse le monde en face du moi ?

(d'après David Hume)

Imaginez un professeur, marié depuis longtemps, adultère depuis le début, qui dîne tranquillement avec son épouse, chez eux, à Prague, le 20 août 1968. Soudain on frappe à la porte. Le mari, forcément coupable, blêmit.

– Qui est-ce ?

– Je ne sais pas.

– Tu attends quelqu'un ?

– Non.

– Tu es sûr ? Tu es tout pâle.

– Pas du tout, répond-il, plus mort que vif.

Les coups reprennent, l'angoisse augmente. La femme se lève. Il la retient par le bras. Comment l'empêcher d'y aller sans éveiller ses soupçons ?

– Laisse, dit-il, ce n'est personne…

– Tu parles, répond-elle en allant ouvrir la porte, suivie par le mari qui lui court après comme on se rend à l'échafaud.

Mais il n'y a plus personne de l'autre côté de la porte. Seulement une enveloppe déposée sur le paillasson. L'épouse ramasse l'enveloppe, l'ouvre et s'évanouit… Avant même de la ranimer, le mari lit la lettre : « Les chars soviétiques viennent d'entrer dans la ville. »

– Ah, ouf ! dit-il.

Plus il est mesquin, plus l'égoïsme est immense. Face au moi, l'univers ne fait pas le poids. « Il n'est pas contraire à la raison, dit Hume, de préférer la destruction du monde entier à une égratignure de mon doigt. »

Faut-il avouer un adultère ?

Imaginez un mari volage qui passe aux aveux :

– Oui, mon amour, je t'ai trompée, mais je te demande pardon. Je te dois la vérité. Je suis un con. Entre nous, pas de mensonge !

C'est en général le moment où, entre deux sanglots sonores, la femme répond :

– Mon amour, je te pardonne, je te crois, je t'aime…

Et la scène devient un duo de vertu entre deux acteurs qui se jouent à eux-mêmes la grande scène de l'aveu et du pardon. Un concours de vérité où le coupable se couvre de cendres, tandis que la victime s'élève jusqu'à une miséricorde quasi divine.

Mais si, au lieu de se battre à coups de pardon, ils se disaient vraiment la vérité, le mari volage dirait :

– Honnêtement, chérie, je me sens mal, la culpabilité est un fardeau trop lourd pour mes petites épaules… Tiens. Voici mon crime. Prends-en la moitié. Vive la parité.

Et la femme répondrait :

– Ce n'est pas parce que je te pardonne que je t'excuse, mon salaud. Si je te pardonne, c'est pour mieux t'écraser. J'ajoute à ta bassesse la distance de ma hauteur. Je ne te ferai même pas le cadeau de t'en vouloir. Non seulement tu es une merde, mais en plus je suis une sainte. Débrouille-toi maintenant.

Combien de confessions, rétablissant la « vérité » aux dépens de celui qui la reçoit, sont dictées non par la vertu mais par le goût de faire du mal ? Quand il est surjoué, le pardon est une arme redoutable. Et quand elle est brandie, la vérité est un mensonge supérieur au mensonge lui-même.

« Il vaut mieux hasarder de sauver un coupable que de condamner un innocent. »

Au chapitre VI de *Zadig ou la Destinée,* de Voltaire, on trouve cette phrase : « Il vaut mieux hasarder de sauver un coupable que de condamner un innocent. » Ce principe – que Zadig enseigne urbi et orbi, à la ville et au monde, quand il est nommé Premier ministre par le souverain de Babylone – devrait figurer en lettres d'or au fronton de toute démocratie.

« Il vaut mieux hasarder de sauver un coupable que de condamner un innocent. »

C'est la raison pour laquelle il est tellement grave de malmener la présomption d'innocence. Quand un homme est photographié avec des menottes avant d'être jugé, il est lynché par la foule avant d'être jugé par des juges. Si l'on découvre qu'il est effectivement coupable, son châtiment précède sa sentence. Et si l'on découvre qu'il est innocent, aucun démenti n'est à la hauteur du déshonneur.

« Il vaut mieux hasarder de sauver un coupable que de condamner un innocent. » C'est aussi la raison pour laquelle la peine de mort n'a pas sa place en démocratie : condamner à mort, c'est faire comme si un jugement était irréversible, comme si on ne pouvait pas se tromper. Or, la proportion d'erreurs judiciaires est la même dans le cas des peines de mort que dans le cas de simples emprisonnements. Un tel fait devrait suffire à tenir la peine de mort pour l'ennemie en chef de la démocratie : car la mort ne laisse à la victime (qu'elle soit coupable ou non) que l'espoir d'être blanchie après sa mort.

En démocratie, on doit être jugé au bénéfice du doute et non au détriment du doute, sinon c'est la victoire de la vertu (que personne ne connaît) sur le droit (que personne n'ignore). Et historiquement, cette victoire porte un nom : la Terreur.

Amer bonheur

Au cœur de la source des plaisirs jaillit quelque chose d'amer qui, au sein même des délices, vous reste dans la gorge.
(Lucrèce)

Imaginez, vous êtes heureux ! Vous avez gagné au Loto. L'OM a battu le PSG. Votre divorce est prononcé... Vous êtes au volant d'un cabriolet sur une route des Alpes à l'heure où le soleil découpe les montagnes, vous écoutez Nina Simone en vous régalant d'une sucette. Aussitôt, vous entendrez une petite voix vous murmurer à l'oreille : « Dépêche-toi, dépêche-toi, *carpe diem*, ça ne va pas durer... »

Impossible d'être heureux sans devancer (ni redouter) le moment où l'on cessera de l'être. C'est fou ce que le bonheur est triste. Qu'est-ce qu'être heureux ? C'est redouter de ne plus être heureux. L'expérience du bonheur est inséparable de la crainte que le bonheur s'achève : tout homme heureux est un homme averti dont le bonheur est recouvert par l'inquiétude. Savoir qu'on est heureux, c'est savoir que ça ne va pas durer et donc vouloir que ça dure. Or vouloir être encore heureux, c'est déjà ne plus l'être. Qu'il soit à venir ou révolu, le bonheur n'est jamais un présent. Qu'on l'espère ou qu'on s'en souvienne, le bonheur est un chagrin. En se révélant après coup, ou en susurrant « grouille, trouille ! » à l'oreille de l'heureux, le bonheur annonce la couleur : il est la promesse du malheur, du regret, l'avant-goût du deuil… En matière de bonheur, le commencement est aussi le début de la fin. On l'envie, il nous ennuie, puis il s'enfuit.

Comment croire en Dieu quand on le démontre ?

(d'après René Descartes)

Imaginez que vous vouliez démontrer l'existence de Dieu ? Pas de problème. Dieu est parfait, sinon Dieu n'est pas Dieu. Si Dieu est parfait, alors Dieu existe, puisque ne pas exister serait le signe d'une imperfection. Donc Dieu existe. C.Q.F.D.

Mais une telle démonstration pose deux problèmes :

1) Suffit-il d'avoir en soi l'idée d'un être existant nécessairement pour que cet être existe ? Est-ce que ça n'est pas me prendre pour le centre du monde que de déduire l'existence de Dieu de la seule idée que moi j'en ai ?

2) Plus difficile encore : comment croire en Dieu quand on le démontre ? Croit-on que deux et deux font quatre, ou que les trois angles d'un triangle sont égaux à deux angles droits ? Pour croire, il faut avoir le choix. Pour croire, il faut avoir un doute. Croire en Dieu, c'est douter en Dieu. Ce qui a besoin d'être démontré ne vaut pas grand-chose. Dieu existe, peut-être. Mais si je le démontre, je le démonte.

Les vies sauvées

Imaginez qu'il y ait trente morts de moins sur les routes cet été que l'été dernier. Vous entendrez aussitôt la presse se réjouir des bons chiffres de la sécurité routière, et déclarer sans vergogne qu'entre cet été et l'été précédent trente vies ont été « sauvées ».

Quelle drôle d'expression.

Qui sont ces trente vies sauvées ? Qui sont les trente heureux élus qui n'ont pas eu d'accident de la route ? Quand quatre alpinistes se font surprendre par une tempête et survivent plusieurs jours dans des conditions épouvantables avant d'être sauvés, le monde entier veut les entendre et palpite au feuilleton du miracle. Comment se fait-il qu'en l'occurrence nul ne connaisse le visage de ces trente rescapés ? Qu'il n'y ait eu aucune interview, aucun recueil de témoignages, pas même un micro-trottoir ? Connaissez-vous ces survivants ? Moi non plus. Ce sont des fantômes, ces trente vies sauvées. En diminuant le nombre d'accidentés de la route, nous n'avons sauvé personne.

Les morts en moins ne sont pas des vivants en plus.

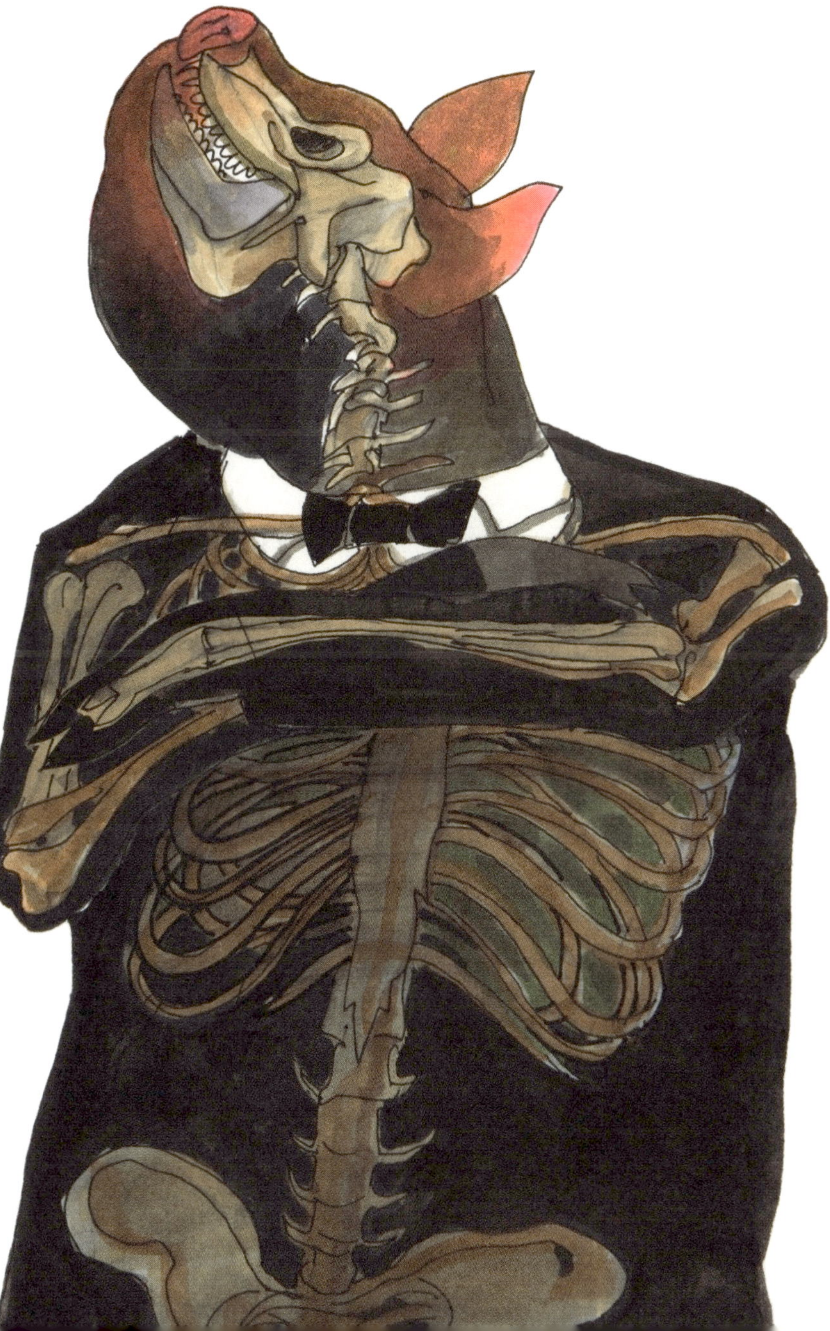

Le mal du pays

Imaginez Ulysse de retour à Ithaque après dix ans de guerre et dix ans de galère et qui, après avoir massacré les prétendants avides de s'asseoir sur son trône, retrouve sa femme, son fils, sa nourrice, son royaume et son chien. On est content pour lui. Pourtant, c'est là que les ennuis commencent. Que lui reste-t-il à espérer ? Que lui reste-t-il à attendre ? « Maintenant nous allons vivre », dit-il à Pénélope. Rien n'est moins sûr. Une fois qu'il aura raconté son histoire, mis de l'ordre dans son royaume et repris sa place dans le lit d'une femme qui a vingt ans de plus, Ulysse n'aura plus rien à faire, ni à espérer.

Étymologiquement, « nostalgie » signifie « douleur du retour », ce qui se comprend de deux manières :

• D'abord, le mal du pays. Mais tant qu'elle n'est que le mal du pays, tant qu'on croit possible de retourner chez soi, la nostalgie est soluble dans l'espoir.

• Mais aussi, et surtout, la déception du retour lui-même. La douleur d'être de retour chez soi et de s'apercevoir que le temps a passé, que les souvenirs sont un rêve et qu'en un mot ce dont nous avions la nostalgie n'existe pas – ou plus. Dans ce second cas, la nostalgie a toujours un coup d'avance et elle est incurable. Le vrai nostalgique ne souffre pas d'être malade ou de manquer de quelque chose, mais d'être guéri et de voir, hélas, son désir exaucé.

La vie mérite-t-elle la peine qu'on se donne à la quitter?

Imaginez que la vie n'ait plus de goût, plus d'intérêt, que tout vous semble absurde et que, pour cette raison, vous envisagiez sérieusement de mettre un terme à vos jours. Deux amis se présentent alors.

Le premier vous dit :

– Ne fais pas ça, malheureux, la vie est belle ! Regarde autour de toi. Fouille dans ta mémoire. Le ciel est bleu, l'espoir est permis, d'autres bonheurs t'attendent, il y a des lendemains qui chantent : « Non Jef, t'es pas tout seul, [...] arrête de sangloter. » « On ira voir les filles, chez la Madame Andrée, paraît qu'y en a d'nouvelles... » (*Jef*, Jacques Brel)

Le second vous dit :

– La vie t'a déçu ? Comment te donner tort ? La vie n'a aucun but, ni intérêt. C'est une histoire racontée par un fou, entre une naissance qu'on a oubliée et une mort dont on ne sait rien... À quoi bon vivre, avant de sombrer ? Y a-t-il même une vie avant la mort ? On peut en douter. Cela dit... Si vivre, c'est déjà mourir, pourquoi mourir de son vivant ? La vie est absurde. Mais il est encore plus absurde de se tuer parce qu'on a peur de mourir. « On se suicide toujours trop tard, disait Cioran. Alors, abstiens-toi. »

Qui des deux vous fait du bien ? Qui des deux dissuade le mieux ?

L'illusion qui réconforte ? Ou la vérité qui dérange ?

Enivrez-vous !

Quelle est la différence entre l'ivresse et la sobriété ? La démarche ? Le bon sens ? L'haleine ? La violence ? L'impuissance ? Oui, bien sûr, mais pas seulement…

La vraie différence entre l'ivresse et la sobriété, c'est que l'homme ivre sait qu'il délire alors que l'homme sobre croit qu'il ne délire pas. L'ivresse sait qu'elle divague, alors que la sobriété croit qu'elle est lucide. La sobriété, c'est une ivresse qui s'ignore, alors que l'ivresse est un délire au moins conscient de lui-même.

Est-ce qu'il ne vaut pas mieux avoir une folie lucide qu'une lucidité follement convaincue d'avoir les pieds sur terre ? Est-ce qu'il ne vaut pas mieux dire n'importe quoi en sachant qu'on le fait, que parler sérieusement, rigoureusement, calmement, sans voir que, là aussi, si ça se trouve, on est en train de délirer ?

Il y a des tas de gens sobres qui ne doutent pas que Dieu existe ou que les camps d'extermination n'existent pas. Mais aucun homme ivre ne se prend suffisamment au sérieux pour ne pas douter de ce qu'il raconte ou de ce qu'il pense. N'est-il pas préférable, parfois, pour mieux réfléchir, de perdre un peu la tête ?

Journal intime

Imaginez que votre conjoint ait des doutes (légitimes) sur votre fidélité, et attende votre absence pour se mettre à fouiller dans vos affaires. Tout y passe : vos mails, vos lettres, votre trousse de toilette, votre calendrier, votre portable, vos vêtements, et, naturellement, le journal intime que vous avez l'imprudence de tenir.

Et, comme il faudrait être parfaitement organisé, ou obsessionnel, ou bien fidèle tout simplement, pour ne laisser aucune trace, à force d'y mettre le nez, votre conjoint finit par trouver la preuve, la lettre, le parfum, le SMS qu'il recherche… Bien.

Qui est fautif ?

Le coupable ou l'indiscret ? L'infidèle ou l'inquisiteur ?

Celui qui trompe ou celui qui fouille ? Celle qui ment, ou celui qui questionne ?

De la réponse à cette question dépend notre rapport à la société dans laquelle nous vivons.

Si, à vos yeux, le coupable est celui qui fouille (et non pas celui qui trompe), alors ça veut dire que tous les moyens ne sont pas bons pour faire apparaître la vérité, on ne lutte pas contre le crime avec les moyens du crime, la valeur d'une preuve dépend aussi des conditions de son obtention. Et le rôle de la loi n'est pas de dissimuler la vérité, mais de veiller à ne pas la confondre avec l'abus de pouvoir. On appelle ça la démocratie.

Si, en revanche, vous considérez qu'il est plus grave de tromper quelqu'un que de fouiller dans ses affaires, c'est qu'à vos yeux l'illégitimité des moyens mis en œuvre est peu de chose à côté de la légitimité de la cause poursuivie, la gravité d'un crime l'emporte sur la duplicité des méthodes mises en œuvre pour le prouver, bref, le Bien l'emporte sur le Droit. On appelle ça l'ordre moral.

Agonie

On a beau avoir accompagné la personne aimée, avoir maintes fois devancé son dernier souffle, assisté à tout le crépuscule, et lui avoir tenu la main le jour même de sa mort, il n'en reste pas moins qu'on est stupéfait ce jour-là. « Ça fait un choc, tout de même ! » dit-on. Or, il n'y a aucune surprise. Rien n'était plus prévisible. Et même sans agonie, quoi de moins étonnant, quoi de plus attendu, que le fait de mourir ? Pourtant, la mort nous laisse toujours comme frappés par la foudre. Comme il est surprenant que la mort nous surprenne !

Il y a deux leçons, peut-être, à tirer d'une telle surprise.

La première est un aveu de faiblesse : prédire un événement n'a pas pour but de le rendre présent, mais, à l'inverse, de le maintenir dans le futur. Dire « ça arrivera » est une façon de reculer le moment où ça arrive. Prévoir quelque chose, ce n'est pas s'y préparer, c'est l'éloigner de soi.

La seconde est un aveu de talent. Le talent d'être surpris par le moment qu'on redoute ou qu'on espère. Le talent de trouver dans l'ordinaire la matière d'une stupeur, d'être pris au dépourvu par le moment que tout annonce. Le talent de vivre, comme la mort, chaque instant comme s'il était le premier.

Le néant n'existe pas

(d'après Henri Bergson)

Imaginez… Vous rentrez chez vous, fatigué par la journée… et vous avez soif de beauté, d'harmonie, de luxe, de calme et de volupté. Vous vous servez un verre de vin et vous allez dans votre bibliothèque chercher un peu de poésie. Vous tombez alors sur un volume de Baudelaire intitulé *Le Spleen de Paris*. Vous le prenez et, à votre grande déception, vous vous apercevez soudain qu'au lieu des rimes attendues les textes qui composent ce recueil sont tous écrits en prose. Furieux, vous remettez le livre à sa place en déclarant :

– Ce ne sont pas des vers.

Pourtant, en toute rigueur, vous n'avez pas vu une absence de vers, vous avez vu de la prose. Mais comme ce sont des vers que vous cherchez, vous jugez l'objet que vous avez entre les mains non pas selon ce qu'il est mais selon le désir qui est le vôtre. Vous traduisez, dit Bergson, les données de votre perception dans la langue de votre attente. Or, c'est ainsi qu'est née l'idée de néant. Comme son nom l'indique, le néant n'existe pas, sinon sous la forme d'un désir déçu. Dire « il n'y a rien », c'est dire « il n'y a pas ce que j'attends ». Parler de néant, ou de « rien », c'est prendre ses désirs pour des réalités.

Non, toi non plus tu n'as pas changé…

(d'après Julio Iglesias)

Imaginez un beau vieillard qui déclare à la femme dont il était amoureux cinquante ans plus tôt :

– Non, toi non plus tu n'as pas changé.

Quand on regarde (ou quand on écoute) cette phrase de loin, elle sonne comme un compliment.

« Non, toi non plus tu n'as pas changé », autrement dit le temps n'a pas de prise sur toi. Les années te glissent dessus et te laissent intacte. Aucune ride ne recouvre la surface inaltérée du beau visage qui est le tien.

En vérité, c'est un compliment empoisonné. « Non, toi non plus tu n'as pas changé » : si c'est vrai, pourquoi le dire ? Et si c'est faux (ce qui est le cas), pourquoi mentir ?

La réponse est dans la phrase elle-même : écoutons-la de plus près. « Non, toi non plus tu n'as pas changé. » Autrement dit : JE n'ai pas changé. Toi, tu as vieilli, ta peau s'est flétrie, ton visage est plein de rides et, contrairement à la mienne, ta voix grelotte. Mais moi qui n'ai vraiment pas changé, moi qui suis « toujours ce jeune homme étranger qui te chantait des romances, qui t'inventait des dimanches qui te faisaient voyager », non seulement je suis resté jeune, mais en plus j'ai la générosité de faire comme si tu avais la même chance que moi alors que ce n'est manifestement pas le cas…

«Non, toi non plus tu n'as pas changé…», c'est le compliment vaniteux d'un mufle à une vieille dame.

Comment se suicider sans mourir?

Imaginez que vous n'en puissiez plus, que la vie soit trop lourde pour vous à porter et que, par conséquent, vous décidiez de vous suicider.

Pourquoi pas ?

Imaginez seulement qu'avant de passer à l'acte vous vous accordiez le rêve éveillé de vos propres obsèques. Qui sera là ? Qui pleurera ? Qui fera semblant de pleurer ? Qui enverra des SMS pendant le discours du prêtre ? Qui se sentira coupable ? Qui arrivera en retard ? Qui ne viendra pas ? etc. Ce qu'on oublie dans ces cas-là – quand on se laisse aller à imaginer ce que sera notre enterrement –, c'est que la seule personne dont il est certain qu'elle ne sera pas là, c'est soi-même ! Quand nous raisonnons sur ce qui se passe après notre propre mort, c'est encore nous vivants que par erreur nous projetons à ce moment-là. On ne peut pas être à la fois dans le cercueil à recevoir des fleurs et sur un banc, juste à côté, à prendre des notes. Combien d'individus seraient dissuadés de se suicider si on leur rappelait qu'ils n'assisteront pas aux obsèques dont ils se plaisent à imaginer les détails ?

Socrate et Alcibiade

(d'après Platon)

– Socrate, mon Socrate, veux-tu coucher avec moi ?

– Non merci, Alcibiade, j'ai mieux à faire.

– Mais enfin, Socrate, je suis beau, tu es laid, mais tu es intelligent et je suis bête. Si on couche ensemble, un peu de ma beauté passera en toi, et un peu de ton intelligence passera en moi, ce sera du gagnant-gagnant !

– Pas sûr, mon garçon. Car si ce que tu dis est vrai, alors tu me proposes d'échanger de l'or contre du cuivre. Mon intelligence ne va pas s'estomper, tandis que ta beauté, elle, va bientôt disparaître. Pourquoi (si, comme tu dis, je suis intelligent) irais-je échanger un bien éternel contre un bien provisoire ? Non, Alcibiade, nous ne coucherons pas ensemble. Je t'aime trop pour ça. Encore une fois, nous avons mieux à faire. Apprends que l'amour doit dépasser les corps pour s'attacher à ce qui ne dépérit pas.

C'est ainsi qu'Alcibiade reçut, sous la forme d'un râteau, d'une humiliation, sa première leçon de philosophie.

Si le jeune Athénien avait eu en partage l'intelligence qu'il réclame, peut-être aurait-il répondu à Socrate que c'est une drôle de philosophie qui justifie que deux amoureux ne fassent pas l'amour.

Il est mort, le pauvre !

« Il est mort, le pauvre ! » C'est ce qu'on dit quand quelqu'un meurt.

Comme si le mort n'avait pas eu de chance.

Comme s'il lui était arrivé un truc épouvantable, une catastrophe.

Comme si on réservait la mort aux autres.

Comme si la mort était une malchance à laquelle un peu de prudence et d'habileté nous permettait d'échapper.

« Il est mort, le pauvre ! » Quand on y pense, cette phrase est très drôle, tant elle est de mauvaise foi.

Sous prétexte de plaindre un mort qui, parce qu'il est mort, s'en fiche complètement, c'est nous-mêmes que, pathétiquement, nous préservons du trépas. Dire : « Il est mort, le pauvre ! » est une façon de maintenir l'illusion que la mort ne concerne que lui… Alors que le mort est précisément celui que la mort ne concerne plus. La crainte de mourir est morte avec la mort elle-même. La mort, c'est le problème des vivants.

« Il est mort, le pauvre ! » Ce ne sont pas des condoléances, mais une esquive, un pis-aller, un artifice parmi d'autres pour continuer, malgré l'évidence, à nous masquer la prééminence de la mort sur la vie. Une façon de feindre l'ignorance. Alors que nous savons tout. Comme dit Vladimir Jankélévitch : « Nous savons que nous allons mourir, mais nous n'y croyons pas. »

Vivre centenaire

(d'après Sénèque)

Comment peut-on tenir pour un progrès l'augmentation de l'espérance de vie ? Meurt-on moins, meurt-on mieux, quand on meurt plus tard ? Est-ce vaincre la mort que de l'ajourner ? La longévité ne fait rien à l'affaire : quand on est mortel, on est mortel.

Chaque anniversaire n'est pas une année de plus, mais une année de moins. Combien d'années de moins voulez-vous en plus ?

Il y a autant de sens à croire qu'en reculant l'heure d'y passer c'est la mort elle-même que nous tuons qu'à réduire la suppression des injustices à une amélioration de l'éclairage municipal. Mais qu'importe !

Pas une semaine ne passe sans qu'un reportage ne s'émerveille que tel ou tel centenaire, bon pied bon œil, continue d'accomplir les gestes du quotidien. « À cent deux ans, Robert ne dédaigne pas de mettre lui-même le couvert… » Et après ? Autant dire de Mathusalem qu'à cinq cent soixante-dix-huit ans il n'en paraissait que trois cent deux. L'augmentation de l'espérance de vie n'est pas un progrès, mais une performance, qui ne change rien au problème. Il est mortifère, en vérité, de redouter la mort au point de mendier un sursis. À quoi bon gratter quelques années au prix exorbitant d'une vie sans plaisir ? « La mort est toujours jeune » (Vladimir Jankélévitch). Dût-il vivre deux siècles entiers, tout homme serait encore le premier à mourir.

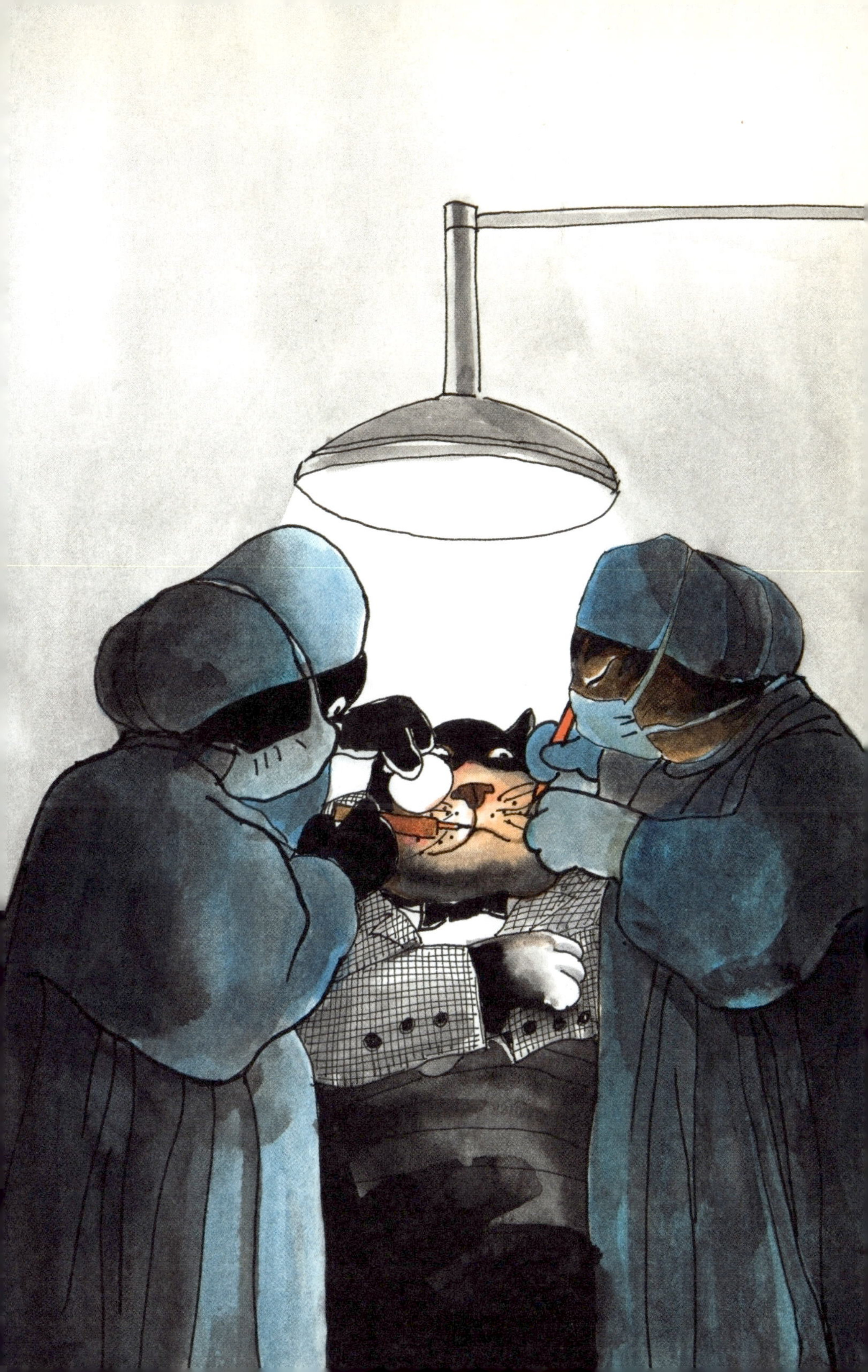

L'impatience du petit bonze

Imaginez un petit bonze qui demande à son maître :

– Grand maître, combien de temps faut-il pour parvenir à la sagesse ?

Le grand maître se gratte la tonsure et lui répond :

– Ça dépend, environ trente, quarante ans...

– Mais, grand maître, comme c'est long ! Et si on est très pressé ?

– Oh, alors, dans ce cas, ça peut prendre beaucoup plus longtemps.

C'est quand on essaie de saisir le monde qu'il se dérobe. Et quand on est pressé que le temps est long.

En revanche, le premier pas vers la sagesse est de renoncer à la sagesse. Il faut être fou pour croire qu'on peut être sage. Et il faut être sage, déjà, pour savoir qu'on ne le sera jamais.

Table des matières